目 錄

第一章　瞎

　　光緒三十二年，民國前六年，陳維生出生在直隸保定府容城縣陳楊莊。這個村子的名字源自於村民最普遍的姓氏：陳、楊。村子裡不是陳家人，就是楊家人。同年，兩百五十里外的紫禁城，大清與中國的最後一位皇帝溥儀也降臨人世。

　　年僅六歲的時候，自打陳維生記事以來，印象最深的便是他的父母和街坊鄰里在議論那個和他同歲的溥儀皇帝退位了，大清也跟著滅亡了，中華民國成立了。然而，這些概念對於一個六歲的孩童來說還太高深。大清是什麼？皇帝是什麼？民國是什麼？總統又是什麼？陳維生毫無概念。他只依稀記得，當父親頭上又細又長的辮子被剪下來的時候，父親臉上的喜悅是難以言表的。那必定代表著，窮苦封建的日子要走到盡頭了，接下來要有好日子過了。

　　陳維生來自一個祖上世代務農的家庭，父母都沒讀過書，大字不識一個。家中唯一有字的東西，除了牆上從光緒翻到了宣統又翻到了民國的黃曆，就是一本沒有封面的舊辭典。這本辭典的來歷也是一個傳說，因為陳維生聽他父親講過不止一個版本。

　　一說它是陳父在保定軍校門口的舊書街淘來

的。陳父除了務農，也靠養驢賣驢維生。每個月要從容城縣陳楊莊走十幾里地到保定府，天矇矇亮的時候出發，牽著養大養肥的驢出發，他可以趕在下山前抵達保定府，和驢在驢籠子大街上睡上一宿。翌日上午在市集銷售完畢，他再捎上些城裡的貨物，午夜前回到陳楊莊。買驢的人有各種用途，有用來拉貨的，也有殺了吃肉的。保定府的市中央是直隸總督府，光是府前的大街，就有十來家驢肉館，有賣驢肉火燒的，也有做驢肉湯的。驢肉是什麼滋味，陳父自己是從未捨得吃上一口的，只能用食客們臉上豐富的表情去揣測，也難怪民間素有"天上龍肉，地上驢肉"這麼一說。每次聽陳父說到這裡，陳維生總是不停吞嚥著口水。

　　光緒二十六年，八國聯軍的戰車橫掃京城，國恥歷歷在目，全國許多有志青年決定投筆從戎，救國圖強。光緒二十七年，李鴻章與世長辭，袁世凱到保定府就任直隸總督兼北洋大臣，僅一年後就在保定府開辦"北洋行營將弁學堂"。之後又過了一年，他成立了陸軍學堂，分設小學堂、中學堂、大學堂，簡稱"保定軍校"。這年，全國各地的軍事人才紛紛響應號召，來到保定府就學。這除了給保定府大街上驢肉館子帶來了更多生意之外，就是在軍校門口多了許多舊書攤，畢竟軍事人才不能只有武

略，還要有文才。

有一回，陳父照例在保定府賣完他的驢，然而這次與以往不同，他心生一念，決定去軍校外的舊書攤走走看看。雖說他不識字，但對於文字的好奇心從未熄滅過。到了一個舊書攤旁，老闆見他兩眼放光，便上前詢問："小夥子，來保定唸軍校的嗎？想找什麼書啊？是想找四書五經，還是孫子兵法？"

"我……我就瞎看看"，陳父含蓄地回答道。

"唉呦喂，瞎看看可了不得。我這兒的書呢，多到你三天三宿都看不完。你要是想找什麼類別的書，告訴老闆，我幫你找，要不然多費事兒啊。不過小夥子，我看你的裝扮，應該不是軍校的學生吧？"舊書攤老闆逼問。

陳父嚇壞了，膽怯湧上心頭，但又不想錯過這麼難得的機會，畢竟他一年也只來保定府賣驢一兩次。"老闆，我就一賣驢的，啥字兒也不識。"陳父邊說邊轉頭準備離去。

"唉別走啊！小夥子，我看好你的實誠，不識字也來看書。這麼著吧，我考你道題。如果你答上來，我就送你本書。試試不？"舊書攤老闆對陳父使了個挑釁的眼色。

陳父打著心裡的小算盤，心想，"答對了有獎，答錯了也無妨，不試白不試，有這等好事兒？"隨即答道"行啊，你考吧！"

"來啦，咱中國的四大發明是啥？"老闆露出了得意的表情。

"欸？我雖然不識字，但我還真聽我姥爺講過。分別是，造紙術，印刷術，火藥，和指南針。是不？"陳父的回答難掩欣喜。

"嘿！小伙子還真不賴？得得得，算我倒霉。那我再問你啊，為啥是這四樣被稱為四大發明呢？"

"欸，別耍賴啊，說好了就考一題。"

"行！我等會兒就送你一本書，但你先思考我的問題。"老闆追問道。

陳父愣了會兒，左思右想也想不出來個緣由。老闆見狀便說"這個問題啊，就當作是留給你的回家作業。來，說好的，送你這本辭典。"

"辭典是啥？"，陳父一臉疑惑。

"辭典呢，就是用來查漢字和辭彙的。你不是不識字兒嗎？那第一本該看的書，就是辭典。一碰上看不懂的字兒，到辭典裡查查就知道了。"

"眞的？可是要怎麼查呢？"陳父眼中充滿了好奇與困惑。

"問得好！小夥子你看啊，咱老祖宗留下來的漢字賊多。多到必須得用一個科學的方法分門別類。一種方法是用部首偏旁歸類，也就是用很多漢字共有的組成部分，比如說‘提手旁’的字有‘打’，有‘撞’，有‘控’，豎心旁的字，有‘愉’，有‘快’等等。另一種方法是用讀音，比如‘快樂’的‘快’，‘一塊肉’的‘塊’，‘會計’的‘會’。

陳父雖頻頻點頭，然而其似懂非懂，一頭霧水。難道同一個讀音還有不同的字？這厚厚的一本宛如經文。即使把大清從皇太極到光緒爺的黃曆加起來都沒那麼厚，怎麼看得完啊？

"我就點到爲止。吶，這本辭典送你，你自己回家琢磨吧。還有啊，別忘了我給你的回家作業。"舊書攤說罷便去招呼其他來看書的客人了。

陳父接過這本厚重的辭典，雖然內心充滿疑惑，卻欲言又止。當天下午，他踏上歸途，午夜回到了夜深人靜的陳楊莊。那晚他思索著這天的收穫，久久難以入眠。

陳維生在父親剪辮子的那年第一次聽他父親講起這個故事，當即便問：“爹，那後來怎麼著了？你搞明白這辭典怎麼用了嗎？舊書攤老闆給你的問題你找著答案了嗎，你有回過保定嗎？”

陳父邊嘆氣邊回答：“沒有，後來我便忙著幹農活兒，壓根兒沒功夫看那本辭典，就這麼放著積灰。我隔年回到保定賣驢的時候，那個舊書攤和老闆也不在了，不知去了哪兒，也打聽不到消息。”

陳維生聽到這裡，看著眼前的這本辭典如獲至寶，仿佛看到了一支打開未知文字世界的鑰匙。

第二章 海

光陰似箭，轉眼來到民國十五年。這十餘載以來，當年成立軍校的直隸總督兼北洋大臣袁世凱，不但當過中華民國大總統，還當了幾個月中華帝國的皇帝，之後在陳維生十歲那年駕崩了。去年，還在襁褓中的中華民國發生了許多大事。國父孫中山病逝北京，革命元老之一的廖仲愷也遇刺身亡。汪精衛改組國民政府，任第一屆國民政府主席。然而，即便大清亡了，在民國裡，直隸還是直隸，保定仍然是保定，陳楊莊也還是只有陳家跟楊家。

　　在遠離政治紛擾的陳楊莊，陳維生已長成二十歲的成年人了。經過十餘年的努力，陳維生已經熟識約一千個常用漢字，其涵蓋了這本辭典的一大半。他養成了看書讀報的習慣，並且開始教父母識字。這天，陳維生照常在炕上給父母讀報。

　　"爹，你看，這是商務印書館在上海設立的東方圖書館。上頭說這是中國以及亞洲規模最大的圖書館，甚至超越了北平圖書館！而且今天正式對外開放了。"陳維生興奮的跟陳父敘述。

　　"維生，商務印書館是啥？"陳父疑惑地問。

　　"爹，商務印書館是當今中國最大的出版社，成立於光緒二十三年，也就是民國前十五年。"

"出版社？出版社是啥呀？"陳母也加入父子二人的對話。

"出版社就是出版報紙和書籍的地方。像咱家這本舊辭典，還有我天天手上拿的報紙，都來自出版社。出版社可以出書，讓個人的理念和知識能夠傳到千家萬戶，也可以印報紙，讓全世界知道中國發生的事情"陳維生津津樂道。

"是嗎？那出版社具體是咋做的？"陳母繼續問道。

"欸這我知道！咱中國不是有四大發明嗎？老祖宗的智慧，造紙，印刷術，出版社就是靠印刷術，把字印到紙上，一遍又一遍。但具體咋做的我也不知道。"陳父興奮的接過這個話匣子。

陳維生聽陳父講到這裡，有話不敢說，"若是能去上海親眼目睹東方圖書館的面貌，看看商務印書館的印刷廠該有多好？"。陳維生每天上茅房的時候，手裏都攥著那張民國十五年的報紙。陳父雖然不識幾個字，心裡卻猜得出兒子的心思。別說上海，就連北京，都是陳父從未去過的遠方。

月底，陳父照常牽著今年養肥的驢去保定府，但這次比以往回來的晚了許多，到了第三天的早晨

才回到陳楊莊。心急如焚的陳母和陳維生一看到遠方的人影便奔上前質問。

"孩子他爹，你咋才回來啊？列兒個黑幾咱娘兒倆可是一宿沒睡。"陳母先開了口，語氣中夾雜著憤怒與關心。

"你看我給你帶回來什麼了。"陳父興奮地攤開手上的幾張紙，上面清楚的寫著"塘沽 → 上海"。

"去上海的船票！明天晚上出發，坐兩天，大後天早上到上海。維生，你去給你爹娘瞧瞧，這商務印書館的印刷廠，跟東方圖書館，究竟長啥樣兒！"

"爹！" 陳維生幾乎喜極而泣。

"孩子他爹！你哪兒來的錢買船票？該不會，你把賣驢的錢拿去買船票了？那可是咱一個月的辛苦錢啊！"

"驢沒了還可以再養嘛，對吧。維生都這麼大了，是該出去闖蕩闖蕩了。咱總不能指望他跟我過一輩子貧農賣驢的生活吧。現在時代不同了。"

"可是……這孩子第一次出遠門，而且還是去上海這麼遠的地方。我可放心不下啊。"

"娘，您放心。我會照顧好自己的，不會辜負你們的養育之恩。"

"你看，維生心裡早就盼著這一天的到來。當爹的就是要成全兒子的心願。"

"爹！娘！"陳維生說罷，便撲到父母的懷裡，一家三口緊緊的抱在一起久久沒有鬆開，淚水與汗水交融。

這一晚，陳維生嚮往也恐懼著上海和外面大千世界，但感觸更多的是對父母的感恩和虧欠，反復的思緒讓他徹夜難眠。陳母難耐心中的擔憂也難以闔眼，畢竟這是陳維生長這麼大，第一次獨自一人出遠門。到了清晨，陳母爬起來早早地給陳維生蒸饅頭和窩窩頭，生怕兒子在路上餓壞了。

"兒子，這是你娘給你準備的乾糧。留著船上吃。"陳父摸索著口袋，"這是路費，外面兒的東西可貴了，省著點兒花，啊。"說罷，就把陳維生送到了村口。

"爹，娘，我會想你們的。"

陳維生拖著疲憊的身軀開始遠行，可是每當到達一個未曾去過的地方，不想錯過認識生字的好奇心便會湧上心頭，讓他鼓足了勁兒。他睜大眼睛記住城門上的字，然後去跟當地的村民這裡究竟是哪裡。

　　"原來這兒是白溝，一直聽到爹所說的'白溝'的'溝'是這樣寫的。"

　　"原來這兒就是霸州，'霸州'的'霸'跟'霸王'的'霸'是同一個字。"

　　"原來'勝芳'的'勝'是'勝利'的'勝'，我還以為是'聖人'的'聖'。"

　　"原來'天津'的'津'不是'金子'的'金'，而是'津津有味'的'津'，'津'的意思是'渡口'。"

　　陳維生在渺無人煙的大路上，偶爾會翻閱那本舊辭典來轉移對雙腳疲憊的注意。雖說每個字可能都曾看過，但當他實際到了一個從未踏足過的地方去跟地名做比對，這些字又被賦予了新的含義。一到天津，陳維生便知道去上海的渡口不遠了。

　　天津市內有一條蜿蜒的海河，取這個名字是由於它最終流向渤海。咸豐十年，清政府與西方列強簽訂了喪權辱國的《北京條約》，除了將九龍半島割讓給英國以外，還增開天津為商埠。於是，海河的兩岸從此多了許多西方各國的租界區。雖然大清已經亡了，但租界還是租界。

　　這應該是陳維生第一次看到洋人。以前他只聽陳楊莊的村長講過，八國聯軍攻入京城的時候，村長剛好在京城裡。那些洋士兵凶神惡煞的模樣，把他嚇得直接奔回了陳楊莊，也算是保住了一條命。這雖然是個故事，也極具神話色彩，但陳維生看到的都是坐在黃包車上的洋人。他們的穿著雍容華貴，面容也並不凶神惡煞。只是拉車的車夫都是自己的同胞，陳維生心中還是不免充斥憂傷與憤恨。

　　抵達塘沽時已接近傍晚時分，距離開船還有一點時間。陳維生趁著這時候，走到附近的大沽船塢。塘沽是海河的入海口，東南面向渤海灣，也是中國北方的最大港口。天津開埠二十年後，北洋水師成立於山東威海，並在天津塘沽設立大沽船塢。它曾為中國第一支現代化的海軍奉獻它所能滋養的水土，然而在光緒二十年的甲午海戰中，北洋水師被打得片甲不留，台灣、澎湖的割讓也加速了大清的覆滅與中華民國的誕生。陳維生站在這裡，心情久久不能平復。他面前重現出北洋水師從這裡出海的畫面，甚至還還能聞到三十多年前在黃海海面上的硝煙。

　　陳維生晚上搭上了前往上海的輪船，離港前站在船尾許久，望向越來越模糊的塘沽、天津、北京、保定、容城與陳楊莊。

静

第三章　館

　　"十六鋪到了！請依次排隊下船。"吆喝的聲音將陳維生從夢境中拉回現實。經過一天兩夜的航行，船隻終於抵達了遠東之都，中華民國的金融中心，上海。民國十五年的上海，剛剛從江浙戰爭的陰霾中走出，其繁華盛景是陳維生所從未所能想像到的。比起天津，上海的洋人更多，租界更多，而且比起海河，黃浦江除了更加寬闊，兩旁的洋建築更加絢麗。

　　十六鋪起源於咸豐年代，當年爲了防禦太平軍的攻勢，地方官員將城內外的商號組織起來，形成了十六個鋪子負責治安，其中十六鋪是面積最大的一個鋪。外灘遍佈著洋樓洋行，並不適合船隻停靠。十六鋪的碼頭林立，承包了上海的航運。來自全國乃至全球的貨物在此裝卸，使得大街上充斥著南北貨的商販和來往的人群。

　　陳維生一下船便開始向周圍人打聽閘北怎麼走。他搓了搓懷中揣著的舊報紙，上面寫著"東方圖書館位於上海閘北寶山路，卽日起每天下午對民眾開放。"

　　"小赤佬，儂要到哪啥地方去？"一個車夫從遠處嚷到。

　　陳維生只聽懂了"地方"這兩字，便回答要到閘北。

　　"噢，撒塊。"車夫繼續用帶有寧波口音的上海話回答道。

　　"撒塊？是四塊？還是十塊？"

　　"哎呀撒塊啊。哪能是撒塊呢？"車夫回答道。

　　陳維生還是沒能猜出車夫究竟是覺得四塊太便宜，還是十塊太貴，但心裡也覺得，哪怕是四塊也不捨得花在路費上。

　　"誒呀算了算了。我告訴儂哪能走。儂沿著黃浦江個樣走，過了外灘，就可以看到一條河，向左轉，儂就會看到一座鐵橋，過了橋再往前走點點，就到閘北了。儂曉得了哇？"

　　"江？灘？河？橋？"陳維生越聽越糊塗。更何況，站在上海蜿蜒曲折的沿江街道上，陳維生早已暈頭轉向，然後陷入了一陣思考，"天津在上海的北邊，所以這一路上船應該是往南開，且船隻停靠在十六鋪的時候，是停在了眼前這條河的左側。眼前這條河應該就是那車夫口中的江。現在是上午，太陽在船的右側，所以我應該是在這條河的西邊兒，太陽在東邊兒，船頭往北邊兒準備回天津。'閘北'這個地名裡面有個'北'字，我猜應該是在上海的北邊兒吧。"

陳維生頓時意識到在他想東想西的這會兒車夫還在那兒等他，急忙回答道"那個，謝謝您啊！我自己找找就行。"

"吾供儂講，儂要似找無到，再回到這裡租吾的車。撒塊！"

"欸好的好的，謝謝您！"

於是，陳維生便跟隨心中的指南針，沿著江向北走，不一會兒，左邊兒一長串洋行洋樓映入眼簾，想必這就是鼎鼎大名的外灘了吧。接著往前到了外灘盡頭，一條比旁邊兒那條江更細的河流橫躺在面前，這應該就是那條河。於是，他向左轉，果然看到一座醒目的大鐵橋。

這條河就是起源於蘇州，在上海匯入黃浦江的蘇州河，又稱吳淞江。明末清初，人們為了防止黃浦江的潮水倒灌進吳淞江，在吳淞江上修了一座石閘橋。從此，閘橋的北側就被稱為閘北。爾後的太平軍帶來的動蕩，讓來自全國各地的難民湧入上海，大多居住在閘北。宣統二年，民國前三年，英國人在吳淞江匯入黃浦江的河口蓋了這座名揚中外的外白渡橋，其后成為上海的標誌之一。而在隨著清末民初的鐵路修建通車，民國十五年的閘北地區已然成爲上海重要的工業基地。

陳維生跨過外白渡橋後沒走多遠，就看到了寶山路的路牌，並遠遠地瞄到在排隊進入東方圖書館的人潮。卽便還沒到下午，排隊入館的群衆就已經繞了東方圖書館一圈又一圈。陳維生突然擔心起來，要是今天進不去，也沒工夫去找吃的。還好他在船上暈船沒怎麼吃兩天前陳母包的驢肉火燒，餘下的姑且能果腹。

時間終於來到下午未時，圖書館的大門打開，陳維生便隨著人潮進去。

東方圖書館是當時亞洲最大的圖書館，館藏量多達四十多萬冊，如果每天看完一本，也要看上一千多年。和陳父當年在保定軍校門前的舊書攤不同的是，它不僅藏有商業用書，軍校的教科書，畫冊，和報刊，也有記錄中國各地歷史的地方志多達兩千多冊。雖只離家兩天，思鄉難卻的陳維生就直接去尋找關於自己家鄉的書籍，不一會兒，他便找到了《直隸省志》，在其中翻到了關於自家的保定府容城縣陳楊莊。

除此之外，圖書館還藏有兩千多冊宋刊本。多虧於此，陳維生還得知了容城縣附近的雄縣在北宋

時期是宋遼的邊界，還有楊家將中號稱楊六郎的楊延昭還爲了抵禦遼國的攻勢在雄縣修建的宋遼古戰道。看到這裡，陳維生心中猜測，該不會陳楊莊的楊家人都是楊家將的後人吧？

緊接著，陳維生來到了參考書區，發現原來這世界上的辭典有千千萬萬種，包括漢語的跟其他各國語言的。之前，在那個政治動蕩與西學東漸的年代，陳維生看到許多跟他年紀相仿的人，抱著厚重的《漢英辭典》，《漢法辭典》，口中念念有詞，說著自己聽不懂的洋文。就連漢語辭典，都有好多各不同的版本，除了《大辭典》，《小辭典》，《辭海》，還有《辭源》。陳維生從他父親手中接過的沒有封面的辭典只有三千多字。而《辭源》這本書，共收錄一萬三千多個漢字和十萬多條詞彙，包括一般語詞、成語、典故，還有歷史文物、古今地名、人名、書名等，也兼收社會科學與自然科學的新名詞。與其說是一本辭典，這簡直是一本百科全書。

讀到這裡，陳維生不禁想起陳父給他講過的舊辭典的來歷。舊書攤老闆留給陳父的未完成的作業題："中國四大發明，造紙術、印刷術、火藥、指南針。爲啥是這四樣被稱爲四大發明呢？"

陳維生心中琢磨，中國的四大發明，指南針、火藥、紙、印刷術，其中有兩個，是代表資訊和知識的傳遞，沒了這兩樣，哪來的書、辭典和圖書館？指南針代表著指引方向，探索世界的工具。火藥則催生出槍炮，征服和戰爭的工具。也就是說，人類社會有一半的時間在紀錄和學習知識，有四分之一的時間在探索新的領域和世界，而最後的四分之一時間用在戰爭。

中國人發明了造紙和印刷術，卻在知識上落後了西方與日本。如今這個文明中許多知識收藏在這裡供人參閱，卻沒能讓廣大同胞受益。

中國人發明了火藥，卻沒能抵擋日本和西方的艦艇大炮，把整個北洋水師和台灣澎湖賠給了日本，把香港賠給了英國。

中國人發明了指南針，而洋人卻遠渡重洋，敲開了中國的大門。

也正是這些原因，中國人比以往更加看重知識，更加愛看書學習。想到這裡，陳維生似乎不僅找到了舊書攤給他父親問題的答案，還找到了這個問題背後原因。老闆是想讓他不要放棄讀書、學習，並在書中尋找救國的答案。不是保定軍校的學生，或者不識字，都沒關係，每個人都有讀書學習的權利。而陳維生致力要繼承他父親未完成的夢想，他要做一個推進知識傳遞的人，哪怕只是貢獻自己微薄的力量也好。

　　在上海的幾天裡，陳維生幾乎每天都來東方圖書館，從下午泡到晚上關門。在上海待了一週後，他的路費和生活費所剩無幾，只得北上。這期間他也寫了一封信給父母，用簡單的文字介紹了自己在上海的收穫和處境。離開上海前一天，陳維生特地去了上海公共租界區福州路上的世界書局。這裡主要販售外文書，是中國最早的外文書店。光顧的多半是在上海租界區居住的洋人，但也有少數打扮秀氣的上海學生。陳維生的穿著打扮多少有幾分格格不入，但這並不影響他看洋文書的興致。碰巧這天下午，當陳維生坐在世界書局地板上看著書的時候，從大門走進的一個人吸引了眾人的目光。

　　"是王館長！"店員驚呼，伴隨著學生們的錯愕。陳維生此時也好奇地探出頭去。

　　"王館長是誰？"陳維生脫口而出。

　　"王館長"環視看書的人群，然後徑直向陳維生和他旁邊的大叔的方向走來。

　　"年輕人，你在看什麼書？"。

　　陳維生頓時愣住。作爲外文文盲，他哪知道自己看的是什麼書。他幾分鐘前剛拿起手中這本厚重，看似是英文辭典的書，可是裡面一個中文字都沒有。

"王館長"奪過那本書，只見那封面印著《BRITANNICA》幾個英文字母。

"噢，原來是《大英百科全書》啊。不錯不錯。年輕人，你知道嗎，我二十一歲那年就開始看這本書，看了三年。你今年幾歲啊？"，"王館長"緊接著問陳維生。

"我我……剛滿二十。"陳維生膽怯地回答，額頭直冒汗。

"哎呦，還比我早一歲就看《大英百科全書》啦！"，"王館長"隨著眾人一起哈哈大笑起來。

"王館長，不瞞您說，我沒上過學，也看不懂洋文。我明天就要離開上海了，趁離別前來世界書局看書，就是想看看洋文長啥樣兒。"

"你叫什麼名字啊？"

"陳維生。是我爹給我起的名兒。"

"哪個'陳'？哪個'維'？哪個'生'？"

"'陳楊莊'的'陳'。'生'是'生命'的"生','維'呢，'維'是'維護'的'維'"。

"你沒上過學，你怎麼知道這幾個字是什麼呢？"

"我，我是通過看辭典學字的！我還教會了我爹呢。"

"是嘛！眞了不起！你爹是做什麼的？"

"他……他是養驢的。"說罷，店內一片譏笑。

"欸，大家別笑啊。我父親是開五金行的，我小時候也沒上過學，無師自通，靠自學才取得今天的成就。今天的中華民國，是一個全民教育普及的時代，只要你有心，想學什麼，來世界書局，或是來我們商務印書館的圖書館和書店，都可以學！"，"王館長"鏗鏘有力地說道。

陳維生聽到"我們商務印書館"這句話，心想："難道他是商務印書館的館長？"還沒來得及詢問求證，"王館長"緊接著詢問，"你說你明天要離開上海了？要去哪兒啊？"

"回我老家。"

"老家是哪兒啊？"

"陳楊莊！"

"陳楊莊？那是哪兒啊？"

"呃……"，陳維生努力回憶著前幾天在東方圖書館看到的《直隸省志》，裡面講到，"陳楊莊位於中華民國直隸省保定府容城縣東北側"，便回答道，"在直隸省，保定府，容城縣邊上。哦 ！還有，再往東邊兒就是白溝，然後是霸州，過了霸州是勝芳，過了勝芳就到天津了，過了天津就是塘沽。我就是從塘沽搭船來上海的！"

"大家夥瞧瞧，一個沒讀過書看不懂洋文的孩子，剛剛教我中國地理知識。"

"這都是我在東方圖書館裡看來的。"

"喲。你去過東方圖書館？"

"嗯，我這次就是爲了東方圖書館才來上海的。"

"那你回陳楊莊要做什麼呢？"

"還不知道，我娘想讓我繼續養驢。但我覺得我想做更多。"

"做什麼呢？"

"還不清楚，就是想做跟書有關的差事。看書，賣書，寫書，都行。"

"你對印書有興趣嗎？"

"印書？"

"嗯，就是去印刷廠工作。我們商務印書館就是開印刷廠的。"

這是陳維生第二次聽到"我們商務印書館"這幾個字。

"敝姓王，名雲五。我現在在經營商務印書館和東方圖書館。你有興趣來我們印刷廠工作嗎？"

頓時，陳維生差點被自己的無知與激動沖昏。原來這位站在他面前的大叔竟然是商務印書館和東方圖書館的館長！ 兩分鐘前他還在跟王館長講中國地理。他連忙做出一個類似下跪類似鞠躬的動作，但被王雲五及時扶了起來。

"維生，你回家的票買了嗎？"

"還沒。"

"今天時候不早了，不然這樣，你明天來我們印刷廠參觀，面試。我們印刷廠很需要你這種願意自學的年輕人。"

"可我身上的路費都不夠了。"

"我給你補貼點吧。"

"這怎麼行？您的錢我不能拿。"

"如果你被錄用了，就當做是幫你提前預支了的薪酬。若你沒有被錄用或是決定不來我這兒幹活，就當做是你今天教我中國地理的學費吧。"

"可我那些知識也是從您的圖書館裡學來的。"

"知識無價，從我的圖書館裡學來的不代表出自於我。這圖書館以及這書店裡的知識都是人類社會多年來累積的智慧成果。所以我才願意免費開放圖書館嘛，讓世人都能不用花一分錢，學習無價的知識。"說完，王雲五將一張紙條遞給了陳維生，上面寫著上海商務印書廠的地址。

第四章　印

　　翌日，陳維生如期來到商務印書廠面試。與其說是面試，這次的會面更像是王雲五給陳維生一對一授課，給他講解印刷廠的原理。以前聽別人講述的或是在書上讀到的印刷術，此刻竟活生生地在眼前運作。

　　"你看，印刷術最早發明的時候，叫做雕版印刷。每印一頁紙前都要先製作一個獨立的雕版。那個時候是帝王將相的時代，印製的通常都是皇上的詔書，將軍的軍令，亦或是江洋大盜的通緝令，通常只有一頁，所以只要刻一版，同樣的內容反復印製就好了。可要是印民間的讀物，好幾頁甚至幾十頁，就需要製作幾個或是幾十個雕版，費工費時，並不利於知識的傳播。"

　　"的確很不方便，那咋辦呀？"

　　"後來，咱老祖宗發明了活字印刷，也就是說，這雕版上的每一個字，都有一個獨立的木字版。我在印一頁字之前，只要先把這頁字上面的字版分別找到，排好順序，到了下一頁把字版重新排成下一頁的順序就行了。我給你看看啊，好比說，我要印'我是王雲五'這五個字，我在這邊拿'我是王雲五'這五個字的字版就行了。下一頁，'我是陳維生'，'我''是'留著不動，只要找到'陳維生'這三個字，去把原本的三個字換掉就行了。"

"太聰明了！"

"說的沒錯。如果你來我們印刷廠工作，可以來當我們的排字工人。我們工廠有操作印刷機器的，有搬運白紙和印製好的刊物的。我對這些工人都沒有其他要求，只要勤奮能幹就好。至於排字工人，幹的不是體力活，唯獨要靠兩點：識字，且，眼力好！"

"好像是沒錯，這麼多漢字，去一個個找還真不容易。"

"我們排列字版的順序，跟辭典是一樣的。根據部首跟讀音。你之前是不是說過，你是靠辭典學字的。"

"原來如此！排字工人找字版就跟查辭典一樣！"

"沒錯！喲，看來你已經掌握到工作的要領了。"

"還有一點，我們的字版跟漢字是反過來的，這樣印刷出來才能是正的。這可能需要一段時間的學習和適應。"

"對欸！但是你看，我這本舊辭典，紙特別薄。我都能看到反面的字。我小時候就養成了反看漢字的習慣。"

"哈哈，真有意思！怎麼樣，有興趣嗎？"

"挺有興趣的，但我還是得回去跟我爹娘討論一下，畢竟他們還在陳楊莊，而我一個人在上海，也挺遠的。"

"我們的印刷廠不只有在上海，在北京也有。你要是嫌遠，我可以安排你去我們的北京印刷廠工作。"

"真的嗎？太好了！我回去跟我爹娘商量商量。"

"行，我期待你的好消息。這是你回天津的車票。"

"啥？你還幫我買了車票？"

"一點小意思，我想說你這個在直隸長大的孩子，應該不適應坐船吧。你坐過火車嗎？"

"坐船來的時候的確是不太舒服，我也沒做過火車。"

"這是兩段車票加上一段船票，你要先坐火車到南京下關，轉搭輪渡過長江到對岸的浦口，再搭火車到天津。"

"啊？"

"放心，時間上來得及，你也可以順便在南京城裡逛逛，給你爹娘買點好吃的帶回去。聽起來很麻煩，但事實上比坐船要好多了，而且更快。"

離開了商務印書廠，陳維生便踏上了陸路返鄉的旅程。他所搭乘的第一段，上海到南京下關的鐵路簡稱滬寧鐵路，也是英國人建立的。到了南京，長江的江面寬如塘沽渤海灣擺在面前。江邊兩岸靠舢板船連通，乘客隨到隨走，絡繹不絕。

隔天早上抵達光緒十二年所建成的天津火車站，沿著來時的路繼續前行，在深夜回到了家。

第五章　辛

ㄅㄆㄇ

　　陳維生回到陳楊莊後，就迫不及待地將自己在上海的經歷，所見所聞，講給陳父陳母。關於去京津謀職這事，陳父舉雙手贊成，陳母雖然表面支持，心裡卻充滿著對兒子的擔憂。

　　"這本舊辭典當年從保定軍校前的舊書攤，落到我手上，在咱們家這麼多年，教會了咱家維生識字，也教會了咱夫妻倆識字，是一份緣分。"陳父向陳母解釋道。

　　"好好幹，別擔心我們。"陳父緊接著安慰維生。

　　隔週，陳維生便寫信給王雲五，告知他決定去北京印刷廠報到。原因很單純，那是他還沒去過的地方。保定，天津，上海都去過了，唯獨北京還沒去過。他想去看看那個軍校校長袁世凱當皇帝，國父孫中山去世，八國聯軍把村長嚇跑，無數帝王將相拋頭顱灑熱血，也是和他同歲中國最後一個皇帝出生登基與退位的地方。

　　商務印書館北京印刷廠位於北京琉璃廠，在正陽門與前門大柵欄的西側，確切的地址是琉璃廠西街五十一號。琉璃廠這個名字起源於定都北京的元朝，它在這裡設立了許多官窯，燒製琉璃瓦。到了明朝這裡生產琉璃的工藝達到頂峰，爾後其雖然成為城區，琉璃廠轉往北京城外，但是琉璃廠這個名字一直沿用至今。琉璃廠以古書字畫，文房四寶，珠寶玉器而聞名。

商務局選在這裡辦印刷廠有兩個原因，一個是印刷好的書籍刊物可以比較迅速的流入市場，另一個是為了貼近讀者。民國十五年的北京城可算熱鬧，街邊兒說相聲的、打快板兒的、唱戲的、演雜耍翻跟斗的、賣蛐蛐兒的、賣書的、賣豆汁兒焦圈兒的、拉二胡的、乞討賣藝的。這裡也時常會舉辦廟會，人聲鼎沸，比起天津和上海，北京少了一些洋氣，多了一份煙火氣，生活氣，而商務印書館要的就是這份生活氣。越接地氣，它越能瞭解讀者究竟想要讀什麼，看什麼、學什麼、思考什麼。

民國十五年前後，商務印書館在王雲五的帶領下，出版了許多雜誌、週刊、畫報，邀請名家執筆主編，也專門聘請畫家作畫。因此，陳維生在印刷廠的工作從不乏味。在印刷廠裡，陳維生第一次看到了有圖有畫的書籍。原來，圖畫也可以雕刻在雕版上，還可以用不同的顏料，分層上色，達到彩色印刷的效果。

此外，商務印書館還影印了《四部叢刊》，號稱是小型的《四庫全書》。雖然《四庫全書》出自大

清，推翻了大清的中華民國還是致力保存中國各時代所留下來的智慧。《四部叢刊》拉近了《四庫全書》與一般讀者的距離，也開創了中國社會與自然科學普及的先河。

不過，最令陳維生所感興趣的，還是印辭典，商務印書館在這一時期先後出版了《王雲五小辭典》和《王雲五大辭典》，讓陳維生感到本來死氣沈沈的辭典也活了起來。辭典裡的詞彙是在不斷變化，與時俱進的。當年陳父所留下來的舊辭典收錄了很多清末的舊字詞，在民初已經不再常用，因此辭典一旦出版，編者們的工作尚未結束，還要到社會上去收集更多的詞彙來精進。辭典也分大小，供不同年齡層和知識層面的人使用，大辭典給學者，但並不適合中小學生讀寫參考用。此外，辭典也分不同學科，例如文學辭典，數學辭典、化學辭典、歷史辭典，不僅僅是根據不同語種來分類。

陳維生也有氣餒的時候，以前小時候查辭典，是趁著忙完農活後滿足求知慾的，但現在作為工作，每天都要做重複的事，不免有些乏味。有時候，機器也會故障，印壞了的頁面要重印。有時候，字版也會因為長期使用，失去原本精確的線條輪廓。而身為識字的印刷工人，陳維生時常需要抽驗檢查，例如是否有哪塊"玉"被印成了"王"，哪塊

"肉"被印成了"內"。身爲排字的印刷工人，陳維生又要負責維護維修這些字版，讓已經腐朽的"王"重新變回一塊"玉"。

時光荏苒，陳維生在印刷廠一做就是五年。這五年來，他大概每三個月回一次陳楊莊。這個時候的中華民國，公共汽車尚未普及。陳維生每次回來，都要從北京前門坐火車到保定，再轉慢車到徐水縣，再步行兩個小時才能到容城縣城。年邁的陳父會騎著家裡沒有賣掉的一頭老驢，接陳維生回家。說到賣驢，陳父陳母也已經不做了，主要的原因是陳父年事已高，去保定的路途遙遠，此外陳維生的收入也足以讓二老不用再賣驢，只用做一些基本的農活餵飽自己。

這五年來，蔣介石完成了北伐，統一了中華民國，也結束了北洋政府的統治。青天白日取代了五色旗飄揚在華北大地。北京也不再叫北京，改爲北平。從一六四四年就存在的直隸省也走到了終點，被分成了河北省、察哈爾特別區、以及熱河特別區。民國二十年，日本發動九一八事變，迅速佔領中國東北，華北也陷入緊張的氣氛中。這一年，王雲五到了北平，也順道約了當年他在上海就相中的二十五歲青年陳維生。

"維生？五年不見，別來無恙？家中父母身體都好？"

"王館長，見到你真高興。謝謝王館長關心，家裡都好。"

"印刷廠的工作，一轉眼也做了五年，有什麼心得嗎？"

"一開始，比我想像中的辛苦，但後來就漸漸習慣了。"

"嗯，習慣了就好。你知道'辭'這個字的部首是什麼嗎？"王雲五露出微笑地問。

印辭典的陳維生發現自己之前沒有仔細去思考這個問題，很快地在手裡比劃了一下，"是'辛'對嗎？"

"沒錯，這代表做辭典這行本來就很辛苦，而且是出版印刷業裡最辛苦的。你還記得當年在世界書局，我走進門來的那一刻嗎？"

"記得。"

"你知道為什麼我會向你走來嗎？"

"這，我還真沒想過。可能是我當時一身髒兮兮的，幾天沒洗澡，我的臭味把你吸引過來了？”

“哈哈哈，猜得好，但不是主要原因。你還記得你當時在看什麼書嗎？”

“我記得是一本英文書，是《大英百科全書》對嗎？”

“沒錯，英文名是《BRITANNICA》，這可是世界上最早的百科全書，出自一七六八年。當時，我的確有被你的穿著打扮吸引到，但是我看到你所在的區域，是工具書這一欄。通常人們走進世界書局，可能會看國外的畫冊、雜誌週刊。”

“喔？爲什麼？”

“雖然印刷術起源於中國，但是西方已經有現代化的彩色印刷技術，人家在應用方面比我們超前許多。而且，重點不是印刷技術，西方的大衆娛樂、教育、理念、科學研究，都比我們進步超前。如果會外文的話，看西方的讀物能夠增進對世界的瞭解。只有當你對世界瞭解了，才能知道中國究竟缺什麼，如何改善它。雜誌週刊往往是近期發行的，看完一本雜誌週刊，能夠對世界當今的流行趨勢與潮流略知一二。”

“原來如此，我對這些都毫無涉獵。”

'我從你的眼中看到了求知慾。我是二十一歲那年，開始研究《大英百科全書》，你在二十歲那年與我相遇，也許是一種巧合，也許是一種緣分，但我可以看到你內心對於知識的渴望。不同於畫冊和雜誌週刊，百科全書帶給你的是基礎知識的累積。"

"王館長，我和你只見過三次，第一次在書店，第二次在您的印刷廠，第三次是現在。每次見面都讓我受益匪淺。"

"不說這些了，我這次來北平，除了一些公務，還有要事要與你商談。"

陳維生聽罷有些受寵若驚，"要事？找我？"

"維生，你對目前國內的局勢有什麼看法嗎？"

"王館長是說，東北淪陷的事情嗎？"

"沒錯。"

"哎，這真的是國仇家恨。北平這邊開始湧入大批來自東北的難民。我們老家沒什麼影響，但都人心惶惶。你說日本人會不會打到這兒啊？"

"所以維生覺得日本人下一步會進攻平津？"

"不然呢，東北淪陷，平津河北的前線近在眼前。"

"我反而不這麼認爲。"王雲五回答道。

"哦？怎麼說？"

"九一八事件後，國際輿論一致譴責日本對中華民國的侵略，站在中華民國這邊，要求日本撤軍。也許你們在平津一帶很難感受到，但是在上海商界正在極力的打擊中日貿易，整個中國沿海和長江一帶的日本航運業遭到很大打擊，很多輪船都停航。"

"這樣不是很好？日本侵略咱們，本來就該反。"陳維生頗爲憤恨地說道。

"話是這麼說沒錯，其實上海的反日抗日運動在九一八之前就有過，主要是因爲今年七月日本迫害朝鮮華僑的萬寶山事件，。我猜想，日本政府接下來一定會拿上海開涮，大做文章，升級事態。"王雲五解釋道。

"爲什麼是上海而不是平津？"

"在我看來，日方要在上海挑起事端，是爲了轉移國際對東北的視線，而如果此時進攻華北，必

定引來中華民國的全民抗戰。這將讓日本陷入長期戰爭，反而對其不利。"

"原來是這樣啊。那您此次前來的要事是？"

"有兩件事，我在考慮將我們的印刷廠和圖書館內的藏書，向內陸、北平、和香港運送。畢竟我們不是拿槍的，不能拿書去跟日本人拼命。我們要極力保留我們的文化遺產，我們老祖宗的智慧。"

"嗯，說的有道理。"

"所以維生，我想讓你來協調此事。你是我們這個商務印書館的大家庭中，除了我以外唯一一個去過北平、天津、和上海的人。"

"這個工程量聽起來十分巨大，您具體的方案是？"陳維生頗感興趣，但也充滿好奇。

"我在思考，一部分東方圖書館的館藏，先運來北平圖書館，畢竟他們也有專業的圖書管理團隊和經驗。你來負責接收這些館藏，並管理他們的入館分類的工作。"

"可是我沒有在圖書館工作的經歷。您為什麼會這麼器重我？"

"你當年在東方圖書管理只待了幾天，就能給我講中國地理，代表你已經把東方圖書館給摸透了吧。既有圖書館經驗，又有印刷廠經歷的人，我只信得過你的能力。"

"明白，謝謝王館長的賞識。我一定不會辜負您的！"

"印刷廠裡面都是寶貴的機器，運送不便，只能先放到上海的一些倉庫和金庫進行保存。後續若有需要把它們搬運來北平印刷廠，也需要麻煩你協助入廠，保養維護。"

"那這樣不就意味著，它們沒辦法進行印刷工作了嗎？"

"沒錯，這也代表，北平印刷廠的責任更加重大，你們會更加辛苦。我來這邊的另一件事，正是想要跟你討論出版一本新的辭典。"

"新的辭典？"

"沒錯，九一八事變之後，更多國人開始投入讀書學知識自強救國的行列。這是一個知識普及的黃金時代。我有預感，國民政府近期就會成立一個專屬的編譯事業單位。"

"專屬編譯事業單位，那是什麼？"

　　"簡而言之，由於我們中華民國建國之初還處於軍閥混戰割據的狀態，教育體係目前沒有統一化。各省各地區的水準參差不齊。"

　　"我雖然沒上過學，但您所說的好像的確有道理。就我的感覺，平津、上海、和河北的讀書人的教育水平也不太一樣。"

　　"沒錯，而這個專屬編譯的事業單位，其目的應當是要負責統籌教科書和學術書籍的編譯工作。到時候我們印刷廠可有的忙啦！"

　　"王館長的意思是，教科書應當統一化，這樣全國的教育就能在同一個水平線上，整體提升。"

　　"對啊，我們不能指望民眾自發來圖書館或書店看書學知識。最主要的推手還是要來自政府的統一政策，而我們民間企業只是起到輔助和加速的作用。"

　　聽到這裡，陳維生可能怎麼也意料不到，自己這個沒受過學校正規教育的農村小子，能夠成為推動國民教育的一部分，哪怕只是一個小角色。

　　"政府要做教育統一化的工作，我們就要出一版新的辭典。"王雲五接著補充道，"不同於以往，我們要出版一本全國民都能適用的新辭典。雖然我們已經在開始籌備，我還在想給這個辭典起什麼名字。"

陳維生思考了一會兒後回答道"名字叫……新辭林，怎麼樣？"

"新辭林？"

"嗯，您看‘林’這個字是由兩個‘木’是組成的，代表用於記錄知識的紙張是由木做成的，而‘林’又象征著‘樹林’，‘森林’，如同人們對知識的探索如同在森林中尋寶"

"這個名字好聽，不僅意義非凡，聽起來也很順耳。"王雲五稱讚道。

"此外，俗話說‘林子大了，什麼鳥都有’，林中有各種花草樹木，蟲鳴鳥叫，但也都有各自生活的空間，用‘林’來代表漢字的辭典，代表了漢字的博大精深，海納百川。"陳維生補充道。

"太好了！維生你別說，每次我跟你會面，我也收穫頗多。時候不早了，近期日本對平津滲透的很厲害，我怕有奸細偷聽。我之後給你寫書信，再詳談今日所述事宜。"

"好，您來北平住哪兒啊？我送您去吧。"

"不必不必，我自己叫個車就行，我怕有人尾隨跟蹤。"

"好，王館長保重，旅途平安！再見。"

"再見。再聯絡！"

第六章　抗

民國二十年秋，王雲五在北平與陳維生見面後不久便返回上海，民國二十一年一月二十八日，日本發動"一二八事變"，開始攻打上海，翌日凌晨，日本軍機輪番轟炸閘北，企圖摧毀上海的工商業基礎。

　　一月三十日清早，陳維生照舊在前往商務印書館北平印刷廠工作的路上買了一份當天的報紙，只看見醒目的頭版頭條上寫著"昨日凌晨日機轟炸上海閘北，商務印書館全毀"。

　　看到這裡，陳維生急忙翻開報紙繼續讀到，"日寇在閘北上空投擲六枚炸彈，第一枚擊中商務印書館印刷部，第二枚擊中棧房，當即爆裂起火，全廠濃煙瀰漫，印刷機器全部燒毀，焚餘紙灰飛達十多里外。"

　　王雲五的預測果然沒錯，日本沒有馬上進攻平津，而是先攻打上海。但是為什麼是印刷廠？這天，雖然北平印刷廠安然無恙，但廠內的氣氛特別凝重，大家為自己在上海的同胞和同事們感到難過。此外，廠長也加派人力警戒，生怕有外人蓄意破壞印刷廠。

　　僅僅三天以後，二月二日，從上海傳來另一則噩耗，據說前一天夜裡，有日本人闖入東方圖書館，蓄意縱火燃燒，雖被及時壓制，但火勢迅速蔓延，而由於轟炸導致市內交通與消防早已陷入癱瘓，無法及時救火，東方圖書館內三十多年來的館藏全部付之一炬。唯獨幸免的是部分先遷入銀行的一批館藏。

聽到這裡，陳維生心中不僅充滿憤恨，還有悔恨。他憤恨日本人竟然如此惡毒，如果商務印書館只是因為坐落在工業區閘北，被轟炸很可能是偶然，但如果加上東方圖書館也被焚燒，那必定代表日本兩次皆是蓄意為之，其目的是想要摧毀中國的文化、歷史與知識的累積，想要讓中國的文明倒退。同時，他也悔恨，王雲五所叮囑和交辦的事情，沒能更快的展開與執行。要是東方圖書館內的館藏能早一點到達北平圖書館，哪怕不是全部四十萬本，即便只有四萬本，四千本，甚至四本，能救出來一本是一本！

遠在北平的陳維生就像是失去了父母、孩子一般，失去了自己曾經日思夜想的東方圖書館，失去了他所讀過的《直隸省志》和所探尋過的家鄉的足跡，失去了楊家將的故事，以及其中所有包含的中華文化。而遠在北平的陳維生悔恨自己在北平，而不是上海，只能眼睜睜地看著這一切發生，束手無策。

　　中日雙方在上海交戰到三月三日，雙方簽署《淞滬停戰協議》，上海成為非軍事區，雖然號稱是非軍事區，但根據停戰協議日寇只需要離開租界區，而國軍則需要完全撤離上海，局勢對中華民國十分不利。商務印書館在上海的業務從二月一日起完全停擺。然而，僅僅半年後的八月一日，商務印書館在王雲五的帶領下，以"為國難而犧牲，為文化而奮鬥"的口號走向復興復業的道路，繼續不屈不撓地出書。

　　同年六月，如王雲五所料，中華民國教育部在南京成立國立編譯館，負責學術書籍和名詞以及教科書的編輯翻譯事務，中華民國各中小學的教科書開始統一化。這一年，陳維生所在的北平印刷廠，第一次接手印製教科書的任務，也讓陳維生這個沒有受過正規國民教育的農村孩子，第一次有機會接觸到教科書。這一做就又是五年，陳維生在這五年裡面，經由工作之餘的短暫休息時間，照著教科書把國民學校一年級到五年級的課程都自學了一遍，可以說是接近中學的水準了。這五年來，日本在佔領東北後成立了偽滿洲國，還吞併了熱河省，策劃了華北五省自治，讓河北、察哈爾、綏遠、山東、山西在內之華北五省脫離了中華民國政府的統治。

　　隨著中華民國的國土逐年被日寇侵佔，商務印書館發揚中華文化的步伐逐年加快，除了出版中小學教科書以外，還出版大學叢書，致力於提升整體國民教育水準。在此期間，出版了胡適的《中國哲學史大綱》、錢穆的《中國近三百年學術史》、馮友蘭的《中國哲學史》、馬寅初的《中國經濟改造》，還有梁思成翻譯威爾斯的《世界史綱》。從民國二十一年八月復業以來，商務印書館開啟了"每日一書"的計劃，致力於每天出版一本不同的書，不曾間斷。

民國二十六年七月七日，日本發動七七盧溝橋事變，平津地區很快被日寇佔領，同年十二月，平津和整個華北被納入"中華民國臨時政府"這一傀儡政權的管轄。此時，上海也深陷三個月淞滬會戰，最終以中華民國失敗告終，日寇佔領除了公共租界與法租界以外的上海全境，並在十二月對中華民國首都南京進行了慘絕人寰的大屠殺，死傷同胞數十萬，流離失所的數百萬人，開始向內陸遷徙。此時，中華民國的大本營也向後方遷徙到了山城重慶，開啟了重慶作為盟軍中國司令部以及中華民國陪都的時期。

這一年在華北淪陷前，陳維生剛滿三十一歲，已經升任為北平印刷廠的廠長。然而，淞滬會戰結束後，北平印刷廠全體成員與上海的總部完全失去聯繫，無法瞭解彼此的處境，生死未卜。上海有陳維生美好的回憶，如今不僅東方圖書館與商務印書館不復存在，就連陳維生回老家途經的南京也遭遇如此人間悲劇。

民國二十七年過完新年，一位日本軍官帶著一個翻譯官前來北平印刷廠，說要征用機器用來印製宣傳"大東亞共榮圈"和"中日友好和平"的宣傳品。

"大東亞共榮圈？那是什麼？"陳維生問翻譯官。

"陳先生，皇軍的意思呢就是說，亞洲各國，包含中華民國，在日本的帶領下，從歐美列強的統治中解放，建立相互尊重，彼此獨立。"翻譯官解釋道。

"哼！日本帶領？日本憑什麼帶領？"陳維生口氣中帶著不屑於鄙視。

"日本是現在東亞最先進的國家嘛。"翻譯官厚顏無恥地回答道。

"先進？先進就可以侵略別人？此外，你今天跟著一個拿槍的軍官來我這兒，說要征用我的機器，哪兒來的相互尊重，彼此獨立？我要是拒絕呢？他要把我崩了嗎？"

"哎呀陳先生，您別急嘛，咱有話好好說。我們希望中日友好和平。"

"中日友好和平？這簡直是天大的笑話！"陳維生帶著憤怒的眼淚反駁。"上海與南京同胞流的血至今還是熱的！"

"總而言之呢，皇軍的意思就是，這兒的人都可以留下來，只要聽我們的指揮。若乖乖配合，照樣有活幹，有飯碗。若不配合呢，可以自行下崗回家。您們自己看著辦吧。"

聽到這裡，陳維生知道自己絕對不會留下來，但也不敢幫大伙決定，於是召集大家開個大會，各自決定去留。留下來的人大概有四成，主要是一些需要撫養家中老小的中年骨幹。陳維生尊重大家的決定，畢竟在這個節骨眼兒上，離開了一個穩定的工作，也指不定哪天會餓死或凍死。然而，年輕的幹部們都選擇和陳維生一同離開，其中一位名叫吳王立，小名小立兒，"休想，我們才不給日本鬼子幹活兒呢。反正這天底下有的是活兒幹，餓不死"，小立兒積極正面的態度鼓舞著陳維生。

就這樣，陳維生離開了這個他度過了十二載光陰與美好青春的北平印刷廠，雖然有許多不捨，但他始終覺得他的心靈是自由的。

第七章　津

　　民國二十七年初，陳維生選擇離開北平印刷廠後，踏上了與數百萬同胞一樣的遷徙逃難之路，最終他選擇前往天津的義大利租界區。天津的義租界始建於八國聯軍橫掃北京的兩年後，位於天津火車站附近的海河河畔。陳維生對十二年前途徑這裡前往塘沽搭船去上海的經歷還有深刻印象。如今，義大利和日本爲同爲法西斯政權並成爲同盟國。日寇在佔領天津的時候沒有佔天津義租界，對待義租界也比較友好。因此，這塊國中之國成爲了陳維生得以自由生活安身立命的場所，也在這裡邂逅了自己人生的另一半蕭惠蘭，同樣是來自河北省保定府容城縣的同鄉。

　　陳維生首先給還在老家陳楊莊的父母通書信確保彼此的平安以及自己成家的喜訊。父母的書信中寫到，保定府全境也已被日寇佔領，被納入了僞政府的管轄，日寇也在白洋澱設立據點。白洋澱位於河北省容城縣、安新縣、與雄縣的中間，是華北最大淡水湖，屬於海河流域，距離陳維生的老家陳楊莊也就是二十里地左右。當地有很多各年齡層的民眾加入了抗日遊擊隊和八路軍的行列，其中不乏很多小孩兒，史稱"雁翎隊"，靠著對白洋澱的地理瞭解，與日寇和僞軍展開了漫長的游擊戰。讀到這裡，陳維生的心裡萌生出無數對家鄉父母鄉親的思

念，一個人走到天津義租界海河河畔向西側望去，
爲抗日的同胞們默默祈禱祝福。

　　此外，陳維生也終於恢復了跟商務印書館上海
總部人員的聯繫。原來，在淞滬會戰後，王雲五帶
著大家夥逃到了香港避難，而機器則分批運往日寇
未佔領的上海租界與湖南長沙，幸好沒有落入日寇
手中。香港的印刷工作如火如荼地產開，並向西方
與世界各國輸送中華民國全體國民抗日的英勇事
跡，出版了無數抗戰叢書，同時也獲得了來自無數
海外華人華僑的支持。與此同時，香港所印製的書
籍，通過越南、雲南進入大後方，爲中華民國全體
國民持續提供精神食糧。然而不幸的是，民國二十
七年十一月，長沙發生文夕大火。原本政府想要採
取焦土政策，製定了焚燒長沙的計劃，以減緩日寇
的進攻速度，結果不料一系列偶然的因素與人爲錯
誤讓大火失控，焚燒了這座千年古都，三萬同胞葬
身火海，商務印書館在長沙的機器也付之一炬。

　　民國二十八年，陳維生迎來了自己的第一個女
兒，取名爲金玲，與南京別名"金陵"同音，以表達
對正在被日寇佔領與蹂躪的國都的一份緬懷與尊
敬。這一年，納粹德國進攻波蘭，拉開了二戰歐洲
戰場的序幕。隔年，汪精衛成立僞政府，正式接管
整個華東日寇所佔領的區域以及華北僞政府所管轄

的領土。

　　在民國三十年即將步入尾聲之際，日寇突襲美國珍珠港，把太平洋彼岸的另一個巨人也拉入了二戰的戰場。同月，中華民國隨即對日本，德國，義大利宣戰。此時，日寇進入上海租界，並且攻打香港。商務印書館在香港和上海租界的機器與書籍終究沒能逃過落入日寇手中的命運。此時王雲五經過九死一生，從香港逃離，最終平安抵達中華民國陪都重慶，並與陳維生互通了幾封書信。

　　"維生，收到你從津義租界寄來的信後無比愉快，也祝賀你剛成家立業。希望父母都健康無恙，妻女都平安喜樂。吾三生有幸，躲過日寇佔領香港逃到山城陪都，決定在渝重啟商務印書館。

王雲五

四川省重慶市

中華民國三十年十二月二十五日"

　　"王館長，感激您的問候與祝福，得知您平安抵達重慶真讓我鬆口氣。日前在報紙上看到日寇對渝狂轟濫炸，欲摧毀中華民國抗日之意志，複製南京的悲劇。我無他願，只希望您與其他全體同仁都平安。華北商務印書館各部流離失所，民心渙散。太平洋戰爭爆發後，日寇已佔領英租界，義租界的難民與日俱增。若您在重慶有任何需要協助的地方，維生必盡我所能鼎力相助。

陳維生

天津市

中華民國三十一年一月十五日"

"維生，渝全體上下越挫越勇，越炸越勇，抗日精神高漲。對應日寇的轟炸，中華民國空軍年輕的將士們拋頭顱灑熱血，雖有犧牲，但依然表現英勇。中華民國上下各政府機關、社會經濟、國民教育、大學教育都在渝逐漸復甦，其中包含原本在南京的國立中央大學、中央政治大學和在上海的復旦大學等多所高校。上個月教育部已經在渝重建國立中央圖書館重慶分館。全國各地文人雅士雲集於此，吾近日成立商務印書館編審處，並開始組建團隊重建東方圖書館重慶分館。商務重回正軌指日可待！

王雲五

四川省重慶市

中華民國三十一年二月十五日"

"王館長，別來無恙。這一年來未與您通信讓您擔心了，近期我的二女兒剛剛降臨人世，取名爲'玉玲'。很難想像我現在已經是兩個孩子的父親了。得知國立中央圖書館與東方圖書館在重慶復甦的消息我非常愉悅，也希望我們早日抗日凱旋，能夠去重慶看一看這些壯觀的圖書館。在義租界看書學習實屬不易，學校書店都被日寇查封了，還好我還有一本當年編制的《新辭林》在身邊，躲過了日寇的審查，常常給我解悶兒。

陳維生

天津市

中華民國三十二年三月十五日"

　　"王館長，從報紙上得知今天盟軍在義大利南部登陸，代表義大利無條件投降，日寇隨即進駐了津義租界，義軍無任何抵抗便繳械。有傳聞説汪精衛已經準備收回天津義租界。爲了不要給日寇服務或被其刁難，我即將攜帶妻女返回陳楊莊與父母同住，今後書信往來恐怕越發困難。待我安頓好了會再與您聯絡，切勿回信至此地址，屆時我已不在此處。

陳維生

天津市

中華民國三十二年九月五日"

第八章　新

"轟！轟！"的兩聲，炸死了廣島長崎兩地的數十萬無辜日本平民，也炸醒了遠在東京的裕仁天皇與東條英機。

　　民國三十四年八月，經歷了十四年的對日抗戰，中華民國終於迎來了勝利的曙光，內部政治經濟文化百廢待興。中國國民黨與中國共產黨兩黨也決定在重慶展開政治協商會議，然而談判以失敗告終，內戰一觸即發。

　　自離開天津返鄉後，陳維生便與王雲五斷了聯繫，他們上一次互通書信已經是兩年前。陳維生所在的河北省容城縣陳楊莊，在八路軍的帶領下擊退了日寇與偽軍，迎來了勝利，但同時這裡也納入中國共產黨所領導的晉察冀邊區的管轄範圍，因此，與中華民國國民政府的首都重慶之間的往來存在諸多限制。這兩年來，陳維生十分關心商務印書館在各地的發展，一直在報紙中尋找任何有關商務印書館的消息，尤其是在對日抗戰勝利後，他殷切期盼商務印書館復業。他也就可以在沒有敵人，恢復和平的上海與北平間自由往來。

　　民國三十五年五月十五日，中共中央晉冀魯豫局在河北省平山縣西柏坡正式發行《人民日報》。這一天，陳維生在陳楊莊的村口報攤買了一份《人民日報》。在眾多紅色頭條中，他找到了一則新聞："前商務印書館館長王雲五將出任國民政府經濟部長。"

除了家裡收藏的那本《新辭林》，這是他三年來第一次看到"商務印書館"這五個字。除了家裡的珍藏的那些書信，這是他三年來第一次看到"王雲五"這個名字，這是他期待已久的音訊，但也是一則令人意外的消息。

"王館長要去當官了？而且還是國民政府的官？"陳維生心裡嘀咕。

"商務印書館的未來，何去何從？我還能回北平印刷廠工作嗎？"陳維生心中存疑。

此時，金玲、玉玲分別剛滿七歲和四歲，每當看到她們年輕活潑充滿朝氣地叫著"爹"，陳維生就感歎，這對在抗戰中出生的女兒就像在抗戰中重生的中華民國，充滿對未來的憧憬。與此同時，陳維生感到擔憂與彷徨，自己是否能夠勝任一個父親的角色。如果有一天他想要回到商務印書館，是否能夠兼顧家庭與工作。這三年來，陳維生保持著他的好奇心與求知慾，堅持讀報，而且那本《新辭林》，他早已背得滾瓜爛熟，裡面的每一個字，在第幾頁，第幾行，他都了如指掌，熟記心中。他除

了常常把它拿出來給剛剛學會說話與識字的金玲玉玲，也希望有一天能有其用武之地。

王雲五在成爲經濟部長後，雖然仕途平步青雲，爾後擔任國民政府財政部長、行政院副院長等職，但是中華民國的國運急轉直下。金圓券的政策導致國內嚴重通膨，內戰中國府與國軍節節敗退，中共的勢力範圍逐漸擴大，其更在民國三十八年十月一日建立中華人民共和國，王雲五也就隨著中華民國政府一起撤退來到台灣。然而，就像內戰的戰火並未波及到已經是中共統治下的河北省，陳維生也無從得知王雲五早已離開大陸的事實，以及商務印書館後來在台灣、香港各自重生與獨立經營的命運。雖然王雲五早已脫離商務印書館，但在陳維生的心裡，他永遠是商務印書館的王館長。

民國四十三年秋，準確的說，在這個已經不用民國紀年的中國大陸，是一九五四年秋，一個如同往常的早晨，十二歲的陳玉玲在陳楊莊陳宅的大門外撿到一封信，上面寫著"收信人：河北省保定市容城縣陳楊莊村五十八號，陳維生收"。

"爹，有你的信！"

陳維生前來查看，首先觀察到"寄信人：吳王立，地址：北京市王府街大街三十六號"。斗轉星移，北平在成爲“新中國”首都後，又被改回北京。而這個吳王立，不就是與他一同拒絕日寇征用北平印刷廠徵召後下崗離開北平的小立兒嗎！拆開後，信紙上赫然寫著“商務印書館”五個大字，陳維生抱著激動與疑惑的心情繼續閱讀這封信。商務印書館復活了？但怎麼是從北京寄來的？

原來，小立兒他現在是“新中國”成立後商務印書館的負責人之一，而他此次寄來的，是一封邀請函，邀請陳維生作爲商務印書館的老幹部進京商討復館事宜。此時距離陳維生離開商務印書館北平印刷廠，已經過去了整整十六年。當時與他一道離開的是小立兒，而此次邀請他回廠的，也是小立兒。

與此封信一同寄來的，還有七天量的“中華人民共和國通用糧票”，以及從保定進京的公共汽車票。那個時候，中國大陸已經進入計劃經濟的時代，人民不再從事自給自足的農耕事業，而是靠各級地方政府機關分配與發行各種供應票證，供民眾取得定量的糧食、油、肉、雞蛋等食物。

陳維生醞釀了幾天，跟妻子惠蘭討論後決定，帶著金玲、玉玲一起進京，一來是爲了讓還沒去過北京的兩個女兒們一起看看北京，看看老父親曾經工作並度過青春的地方，二來也是能減少惠蘭一個

人帶孩子的負擔。小立兒自然不知道陳維生已有妻女且打算帶著女兒進京的計劃，只給了一個人的糧票，但陳維生尋思他們可以為了這趟北京之行省吃儉用，或是等進京見到了小立兒再想辦法。

　　於是，一九五四年秋冬之際，陳維生帶著金玲、玉玲，回到了闊別十六年且已經改了名兒的北京。此時距離他第一次進京，已經過去二十八年。陳維生還是更習慣並喜歡北京這個名字，他二十一歲來的時候這裡就叫北京，如今四十九歲來的時候，這裡又改回北京。抗戰中的北平，很快被日寇與偽政府佔領，內戰中的北平由於傅作義和平起義，並未見到太多火光與悲劇，也讓這座千古京城得以大規模保存。紫禁城人去樓空，自從民國十四年溥儀被請出宮後，爾後當總統的、當主席的，都沒敢再住進來。天安門的城門樓上的畫像已經從蔣委員長改為毛主席，青天白日已經被五顆星星取代，曾經是中華民國的院轄市，今天已經成為中華人民共和國的首都。

　　如同往常，陳維生只能感歎政治的更迭，但從未對其產生興趣，他所關心的一直都在民間。老北京的煙火氣、生活氣，還在。街邊兒說相聲的、打快板兒的、唱戲的、演雜耍翻跟斗的、賣蛐蛐兒的、賣書的、賣豆汁兒焦圈兒的、拉二胡的、乞討

賣藝的，一樣兒沒少，反而更多了。經歷了內戰後
的北京，從全國各地湧入大量外來人口，從事各行
各業，尤其是京津冀三地，加入了"建設祖國，建
設首都"的行列。

在信中，吳王立讓陳維生跟他約在商務印書館
北京印刷廠，地址沒變，還是琉璃廠西街五十一
號，但吳王立怕陳維生記不起來，還是在信中好心
提醒。赴約當天一早，陳維生帶著緊張激動的心情
早早地出發來到琉璃廠，生怕錯過或遲到，也順便
帶著金玲、玉玲逛逛琉璃廠的市集，瀏覽琳瑯滿目
的古書字畫，文房四寶，和珠寶玉器。

"叫吳叔叔！"陳維生對著金玲、玉玲指示。

"吳叔叔好！"金玲、玉玲乖巧地回答道。

"欸！你們好啊。老陳，這兩位是您閨女嗎？
都這麼大了！"吳王立驚訝道。

"是啊，咱倆自從三八年鬼子進京，把我們廠
給徵去，就十六年沒見了。"陳維生回答道，即使
他還是不太習慣用公元一九三八年去形容那早已翻
篇但銘記在心的舊時代。

"你們幾歲了呀？"

"我十五歲。"

"我十二歲。"

"哎喲！好！好！叔叔給你們買糖吃，啊。"

"謝謝叔叔！"金玲玉玲異口同聲地回答道。

"老陳，您後來去了哪兒啊？"吳王立緊接著問道。

"我後來去了天津，進了義租界避難。那會兒義大利跟鬼子是一夥兒的，鬼子不敢進租界抓人。我也是在那兒認識我老婆的。諾，這倆小閨女都是在天津出生的。" 陳維生略帶炫耀地說著。

"我們倆是天津小閨女兒。"玉玲開口就秀了一段天津話。

"哎呦！這天津話說的可真利索！"吳王立緊接著誇道。"要不帶倆閨女參觀一下？"

"好啊！"陳維生離開印刷廠這麼多年，回復中帶著殷切的期盼。

"自從當年鬼子們侵佔了咱們得印刷廠，也引進了很多現代化的設備。"吳王立邊說邊帶領著陳氏父女走到一個陌生的機器旁邊。

“你看，這個叫自動排鑄機，使我們的排版工作都可以完全自動化了。”

“意思是，現在不需要排版工人了？”

“對，有些中年的工人下崗了，其他的就轉行做別的去了。”

“別的？”

“對啊，比如說，很多年輕的小夥子們，勤奮好學，就學習如何操作機器，也學會修理機器了呢！”

“真的是日新月異啊，我這塊老骨頭已經跟不上了！”

“爹，你才不老！爹在我心裡永遠年輕！”玉玲聽到兩位長輩的談話，突然插了進來。

“哈哈哈！”

“吳叔叔，這個自動排鑄機好神奇啊！”金玲緊接著感歎道。

“金玲你看，我只要在這邊按下我想要的字，排鑄機就會自動幫我排好順序，就像打字機一樣！”

　　陳維生聽到這裡，心情五味雜陳，生怕自己因為技術跟不上而被時代所遺忘。

　　"金玲玉玲，交給你們一個小任務，這兒有一張紙，你們把這上頭的字用這個排鑄機排好。吳叔叔我跟你爹有些事兒要討論，等會兒回來找你們驗收，但要記得注意安全哦"，吳王立補充道。

　　"好嘞！交給我們！"金玲回答道。

　　說罷，吳王立帶著陳維生進了旁邊兒的一個會議室，門沒有關嚴實，兩人坐下後，陳維生迫不及待地先開口："小立兒啊，你這次找我進京，肯定是有要事相談？"

　　"沒錯，不愧是當年的陳廠長，嗅覺非常敏銳。不瞞您說，我們打算重新建設商務印書館，從以前的私營企業，轉為公私合營。"

　　"公私合營？那是什麼意思？"

　　"是這樣的。舊社會的商務印書館，屬於私營企業，有董事會、董事長和總經理，而剛解放那會兒，我們聯合了三聯書店、中華書局、開明書店和聯營書店成立了中國圖書發行公司。今年又加入了新華書店，把咱們總部遷來了北京。公私合營的意思其實就是，國家跟民間一起經營。"

“公私合營，那國家是否會干涉出版自由呢？”

“要說干涉嘛，不如說是領導。我們都是跟隨偉大的毛主席和中國共產黨的領導，建設新中國，少不了出版社，尤其是商務印書館這家中華老字號！”

陳維生並不對政治口號特別感冒，但是他仍然重視中國的教育，所以願聞其詳。在他繼續追問之前，他想先打聽一下王雲五的下落。

“王雲五？你說那個反革命嗎？他逃到台灣去了！”

“反革命？台灣？”

“對啊，好好的館長不做，去給蔣匪去做經濟部長、財政部長，把國內搞得民不聊生。我也是聽身邊的老幹部說的，說他四九年就帶著老婆孩子跟著國民黨一起逃到台灣去了。不過別擔心，解放台灣的時候，我們一定會再見面的！”

陳維生很難想象，一個當年還是個小毛頭的小立兒，竟然對王館長如此的大不敬。哪怕是因為政治立場不同或政治動盪而造成的國家分裂，他也覺得不至於如此口出惡言。雖然說，王館長在這個抗戰剛剛結束不到一年，百廢待興的時刻離開了商務印書館從官，這決定陳維生自己也很難苟同，但也許在王館長心中，他覺得下一步從政才能有更大的發揮？

"不說這個了，咱邊坐邊聊，您想聽聽看我們具體接下來要做什麼嗎？"吳王立的問題把陳維生拉回了一九五四年的現實，說罷便拉了四張椅子，四個人圍坐在一個茶几前。

"好啊！"

"眾所周知，咱們中國是一個地大物博人且口眾多的國家，我們六萬萬同胞裡面有大多數人仍然是文盲。"

"沒錯，我父母和我當年也是文盲，還好我們是靠辭典慢慢學會識字的。"

"對，所以，在毛主席和中國共產黨的帶領下，我們國家在未來幾年內決定出台一系列的新措施，希望有助於大幅降低文盲率、提升識字率，和老百姓普遍的文化水平。"

"噢？有哪些具體的新措施呢？"

"我們認為，老百姓文盲率高，主要是因為咱們漢字太難了。人家西方國家，例如美國、英國，只有二十六個字母。我們旁邊的朝鮮半島，也有自己的文字，但也只有二十四個字母。就連侵略咱們的日本鬼子，他們的文字算多的了，有五十音。算上平假名片假名，總共有一百個字母，而且他們有一大堆漢子是抄咱們的。可是咱們漢字，《康熙字典》收錄了四萬多個！四萬多個！就連常用的，都有三四千個。你以前是在印刷廠的，你比我了解。"

"嗯，你說的沒錯，是很多。但多也有多的道理，例如……" 陳維生還沒講完，但吳王立插了進來，"總而言之，我們認為，漢字應該要簡化，注音符號也要改掉。"

"啥？簡化？"

"對，簡化。其實漢字簡化這件事在舊社會就已經有諸多人討論，但礙於軍閥混戰、抗戰、內戰，始終沒法有效地實施。如今中國人民解放了，新時代來臨了，我們搞教育的，搞印刷廠的，也要跟上時代的腳步，響應國家將中國人民脫貧脫盲的號召。"

"可是，漢字複雜也是有它的原因的。" 陳維生繼續他之前想說的，"漢字是咱們中華民族老祖宗的智慧，怎麼能說改就改呢？你剛才說的韓字，就

是因為人家朝鮮人學咱們漢字覺得太難，所以才創造出來他們自己的文字。人家這麼做也是有原因的，畢竟朝鮮人不是中國人，他們起初用了咱們的漢字去套用到他們的語言，發現有的時候套不起來，或是讀音不準確，而且漢字也是士大夫和知識分子所用，普通老百姓知識普及率並不高，所以後來的朝鮮國君才決定創造出他們朝鮮民族的韓字的。"

"對啊！前有朝鮮國君因為漢字太難創造韓字，後有新中國簡化漢字，這初衷是一樣的，就是希望老百姓能夠多識字，提升知識水平。"

"可是這個時空背景完全不同！而且漢字就是我們中國人的，為何要拋棄，打掉重練呢？"陳維生激動地站了起來。

此時，陳維生與吳王立的爭辯驚動了門外的金玲玉玲，便湊近了到門口來偷聽。

"老陳，你別激動，坐嘛。"說罷又拉著陳維生，"不是要拋棄，不是打掉重練，是簡化！"

"可是誰來決定怎麼簡化呢？其簡化的道理又建立在什麼之上呢？"

說到這裡，吳王立感覺到些許的不耐煩。他沒

想到當年的老廠長會如此的固執，但又繼續講到，
“老陳，那我問您，每個漢字怎麼來的，他背後的
來歷，你又能一一說清楚嗎？以前不也有甲骨文、
金文、大篆、小篆、楷書。那漢字的簡化不也是漢
字歷史長河中的一個新的時期嗎？”

　　陳維生雖想反駁，但礙於自己在漢字的字源與
歷史方面的確涉獵不足，難以啟齒。

　　“老陳，我也勸您別急著下定論，畢竟這漢字
簡化是好是壞，還有待觀察和實施。諾，我這邊呢
有一些漢字簡化初步的方案文稿，咱們可以一起研
究研究，提提意見。”吳王立說罷，便從公事包中
拿出一些紙張，紙張最上方抬頭的部分“商務印書
館”五個字，已經被改成了“商务印书馆”。

　　“小立兒，這‘商務’的‘務’，左邊的‘矛’，怎麼
不見了？”

　　“我們覺得說，把‘矛’拿掉，大家一樣看得
懂，這是個‘务’。”

　　“可是咱們的老祖宗，在幾萬年前就有開始使
用矛，經歷了石器時代，青銅時代。到了商朝，矛
這個字就有了。這象徵著人類文明使用工具的開
始，怎麼能隨便拿掉呢？”

"那現代人幹活兒，務農，不也有用鋤頭的，用錘子的，用鐮刀的？不見得非得用矛啊！你看我們偉大的中國共產黨的黨徽，不也是錘子和鐮刀嗎？這象徵著我們偉大的工農階級。"

"我說的是漢字蘊含著我們人類以及中華民族的歷史，不能輕易篡改。漢字不是用來服務黨的，漢字是民族的。"陳維生看不慣也辯不過帶有這政治色彩的造字方法，接著問，"那這'书'是怎麼回事？"

"'书'怎麼了？"

"怎麼變得這麼簡單了？"

"漢字簡化嘛，目的就是爲了讓它簡單啊！"

"可是這，這誰看得出來這是'書'啊！你看，原本的'書'，甲骨文中是一個會意字，像一隻'手'拿著一支'筆'，就是書寫的意思。後來演變成，上面一個'聿'，唸'yù ㄩˋ'，下面一個"日"。解放戰爭中被活捉的國民黨高級將領杜聿明的名字中間的那個字就是聿。這個字的意思就是'筆'的古字。而'毛筆'的'筆'，'畫'圖的'畫'，也都含有這個字，代表他們都跟筆有關。後來'聿'加了個'竹字頭'，就衍生出來現代用的'筆'。"陳維生激動地解釋道，

"不同的漢字之間是有連結的，這一改，連結就斷了！"

"哎呀老陳，你跟我說這些，我也就是個印刷工人，沒你這麼有文化。但我覺得吧，這改了大家都好認，認得快，有啥壞處呢？你看，'筆'這個字，在這一批的簡化方案中，被改成了'笔'"

"天啊，這怎麼行呢？"

"咋了？毛筆下頭不就是'毛'嗎？'竹字頭'下頭一個毛，不是很合情合理嗎？"

"我們的老祖宗在'聿'上面加個'竹字頭'的時候，已經把毛筆的特徵，也就是由竹子做的，給加進去了啊。又把下面改成毛，豈不是多次一舉？那鉛筆不是用竹木做的，鋼筆使用金屬做的，既沒有竹，也沒有毛，未來的人哪還能看得出來，'笔'是'筆'呢？"陳維生接著敘述道，"爲什麼要求快呢？爲什麼不能求穩呢？當年我們一家三口都不識字兒，不也是看著一本舊字典一點兒一點兒累積的嗎？"

"但是老陳，咱們的時間不多啊，美帝國主義和蔣匪在咱們周邊肆虐，人民的水平要快速提升，咱們國家現在要趕快發展，爭取超過英國，趕上美

國，才能屹立於世界，才能不被人欺負！"

"你這是揠苗助長！這漢字要這麼簡化下去，文化根基站不穩，咱中華民族拿什麼跟世界去競爭？"陳維生激動地站了起來，"這行當，我不幹！"

"你個老頑固，算我看錯你了"，吳王立大聲呵斥，"不過老陳啊，我還是得奉勸你一句，今天咱們的對話，你的這些看法，別跟外人說。我生怕你隨便表達，被打成右派，反革命！"

"那在你看來，你覺得我是右派反革命嗎？"陳維生問道。

"我，我還真不知道。"

"什麼是右派？什麼是反革命？難道堅持中華民族傳統文化，就是右派了？當年國父與多少革命先烈創建的中華民國，跟日寇搏鬥了十四年，犧牲了多少同胞，留了多少血換來的中華民國，你們說改就改，改成了'中華人民共和國'。這名字越改越長，咋那會兒沒想到要簡化呢？中華民國，既有中華，又有民，又是國，從意思上就代表了中華人民的國家，非得要改成'中華人民共和國'，多了這些贅字，生怕別人覺得這個所謂的'新中國'沒有人民，沒有共和。別忘了，你們共產黨是反蔣反專製，不是反民國反民主。”

"嘿！你要是敢拿咱們偉大新中國的國號來做文章，我真的是無話可說了。真沒想到你老陳是一個懷念舊社會的人啊！我奉勸你收回，以免遭到不測！送客！”，說罷，吳王立起身準備離開，陳維生也跟著起身，感歎道："看來，我跟這商務印書館的緣分，算是走到盡頭了。你們要讓中國六萬萬老百姓都能識字，我完全支持，只是其方法之錯誤，我實在無法苟同，我也不願意同流合污。小立兒，咱倆因商務印書館相識，曾經有著對國家共同的忠誠，所以才一起離開被日寇挾持的印刷廠，但咱們不能有負於我們的民族啊！”

說罷，陳維生便奪門而出，剛好碰上門口偷聽的金玲玉玲，她便抱起玉玲，牽起金玲的手，泛著淚光地再一次踏出了商務印書館北京印刷廠的大門，但與上次不同，他知道他可能再也無法回到這裡了。

陳維生帶著金玲、玉玲找了一間燒餅店坐下來休息吃東西，金玲先開口問"爹，剛才你跟吳叔叔的對話，玉玲和我都聽到了。你為啥這麼反對漢字簡化啊？”

陳維生沒有正面回答，卻反問兩位女兒，"金玲，玉玲，你們覺得，學咱中國的漢字，難嗎？"

　　"我覺得，還行。"作爲姐姐的金玲首先回答道。

　　"我覺得，挺難的。尤其是每個字這麼多筆畫，要默寫，要背，眞的是讓人眼花繚亂，而且有這麼多字。聽吳叔叔說，英文只有二十幾個字母，我好羨慕啊！"妹妹玉玲雖然年紀更輕，但回答的卻更具體。

　　"金玲，玉玲，你們聽好了：你們覺得漢字難學的原因，比外國字要複雜的多，你老爹我都認同。我也覺得，老百姓學起來，是有困難和挑戰的。你老爹我反對漢字簡化，是覺得說，我們不應該知難而退，而是應該迎難而上。爬山難不難？難！可是當年給山上修棧道的那些人們更難！認字，寫字，讀字難不難？難！可是當年造字的那些人更難！唯有經歷風雨，才能迎來彩虹。唯有爬上山頂，才能知道這一切的辛苦是值得的，才能感恩修棧道人的艱辛，才能站在更高的角度去看到更不一樣的風景。你們知道，你老爹我以前是印辭典的，對吧？"

　　"嗯，爹你都講了一萬遍了！"玉玲不耐煩地回答道。

"那你知道'辭'這個字的部首是什麼嗎？"

"'辭'怎麼寫啊？"年輕的玉玲疑惑地回答道。

"是……'辛'字旁嗎？"金玲回答道。

"沒錯！這也是王雲五爺爺當年考你爹的。他跟我說，這代表做辭典這行本來就很辛苦，而且是出版印刷業中最辛苦的。我們中華民族是一個歷史悠久的民族，每一個漢字都是經過長時間演變而形成。雖然說其也經歷過許多修改，但改也要有它的道理，要有它的正當性！"

"可是，吳叔叔說的，要讓更多老百姓認字的道理，也沒錯啊？"金玲反問道。

"那我們就應當投入更多資源在教書育人，我願意去學校當老師，給人們教授漢字！我願意回印刷廠，繼續印辭典，印教材。以前印刷廠多艱苦，又要躲避日寇的轟炸，又要逃離日寇的侵佔，現在我們迎來了和平，我們理應有更多的資源去投入我們中國老百姓的教育上，而不是把資源浪費在投機取巧，耍小聰明上！"

"爹說得有道理！"金玲邊說邊感動地鼓掌，

"反正我是不會忘記爹的教誨,我以後還要繼續學漢字,寫漢字。我還想學書法,更能弘揚漢字的美!"

"我要學畫畫兒!"玉玲附和道,說罷,陳家父女哈哈大笑起來。

擺脫了工作的束縛,陳家父女在北京度過了愉快的幾天,把北京的大街小巷都逛了個遍。他們也知道今後再來這裡的機會難得,非常珍惜在這個千年六朝古都的每分每秒。

陳維生帶著金玲玉玲來到一座古典的閣樓,閣樓面前有幾位工人正在裝設新的華表。

"玉玲,你能把上面的幾個字念給我聽嗎?"

"文……什麼……什麼",玉玲吃力地說道,"爹,我只認識文這個字兒!"

"津閣。"金玲補充道。

"沒錯,金玲玉玲好樣兒的。你們知道你們是在哪兒出生的嗎?"

"爹你說過,是在天津,雖然我們都沒什麼印象了。"

"沒錯，這個'文津閣'的'津'跟'天津'的'津'是一個字兒。"陳維生補充道。

"爹帶我們來這兒，應該是有什麼特殊意義？"

"這裡是曾經中國乃至亞洲最大的圖書館，北平圖書館的舊址，直到上海的東方圖書館問世。但後來，東方圖書館被毀於一旦，也象征一個時代的終結。"

"什麼時代？"

"中國弱小的時代。從那天起，我深刻的意識到，我們民族的存亡在於文化的根基，文字的基礎。小日本鬼子侵佔我們的國土，是為了消滅我們的文化，讓我們中國人成為他們的奴役。"

"太可惡了！"玉玲罵道。

"光罵沒用，只有自強不息，才能進步，才能超越他們。這裡之所以叫文津閣，是因為面前這條大街叫文津街。咱老家河北有個承德，承德有個避暑山莊，那兒有個文津閣藏著《四庫全書》，那《四庫全書》可大了，是咱中國最大的叢書，比那《大英百科全書》還要大好多好多倍。二十幾年前，日本鬼子佔領了咱們東北，承德岌岌可危，《四庫全書》就被發在了這裡，所以這兒也叫文津閣。後來又因為日本鬼子佔領了北京,《四庫全書》又踏上了新的歷險記,去了上海,又去了重慶。"

"原來是這樣!"金玲回答道。

"爹,你說的這些都是啥呀?"玉玲問道。

"這些,一時半會兒講不完。咱回家,我會慢慢給你們講的。"

"爹,你說,《四庫全書》為了躲避戰亂從東北到了北京,後來又去了上海。那現在呢?它回來了嗎?我們能看到嗎?"

"後來,它隨著國民黨的軍隊,一起到了台灣。"

第九章　或

或

離開北京前的最後一天，陳維生帶著金玲、玉玲來到了象徵著"新中國"誕生的天安門廣場。

　　"玉玲，那上面的字你都認識嗎？"陳維生指著天安門的城樓問玉玲。

　　"中…華…人…民…共…和…國…萬…歲"，玉玲一個字一個字緩慢地唸。"世…界…人…民…大…團…結…萬…歲"

　　"唸得好！"，陳維生誇讚道。

　　"爹，你看那些人在幹嘛呀？"眼尖的金玲指著遠處幾個穿著制服的工人，正在朝天安門城樓緩緩走來。其中幾個人手上分別拿著幾個大字板，還有兩個人扛著梯子，尾隨的一個人手上提著一個桶子，一把刷子，和一隻楔子。

　　"不知道，咱們在這待著瞧瞧吧。"陳維生回答道，同時心裡也充滿好奇。

　　只見那些工人們爬上梯子，用楔子把天安門城樓兩旁醒目的標語中的"華"，"國"，"萬"，"歲"，"團"，"結"這幾個字給摳了下來。緊接著，（在下面的）工人們把手上的字板一一遞給了梯子上的人，用來取代的那六個字分別是"华"，"国"，"万"，"岁"，"团"，"结"，連在一起就是，"中…

华…人…民…共…和…国…万…岁"，"世…界…
人…民…大…团…结…万…岁"

還沒等陳維生開口，金玲就先喊道，"爸你
看！他們把其中幾個漢字給改了，我都不太認識
了！"

"爹！那個字裡頭有我的名字！"玉玲喊道。

"哪兒啊？"陳維生還沒反應過來。

"你看，'和'旁邊那個字！外頭一個口，裡頭
是我名字裡的'玉'！"玉玲興奮地解釋道。

"哦！看到了！"陳維生和金玲都紛紛點頭。

"那個字是'國'嗎？我的名字在'新中國'裡面
了！"，玉玲激動地問道。

"看來是……看來是……" 陳維生略帶憂傷，
黯淡地回答道。

接近傍晚十分，火車緩緩從北京前門火車站向
西南方向開出，預計午夜抵達徐水站，蕭惠蘭將在
那裡與父女三人重逢。

在火車上，已經在北京玩樂了一週的金玲、玉
玲，雖然盤腿坐在擁擠的車廂地板上，這卻絲毫不

影響他們的酣睡。靜悄悄且昏昏欲睡的車廂，讓陳維生此時漸漸陷入了沉思。陳維生這跟辭典結緣半輩子的"老古董"，心中又翻起了他那本舊辭典。

"或"這個字，通常會唸 huò ㄏㄨㄛˋ，或者的或，表示不確定，有所選擇。或可能是我們日常生活中最常用到的中文字了。"或者"，"或許"，"左或右"，"這或那"。

但多數人不知道，"或"這個字，也可以讀 yù ㄩˋ，同"域"，意思是國土、領土的意思。漢字"國"，就是一個"口"，加上一個"或"。

以前的國，是人們口中的領土，它蘊含著無數祖先出生入死，勤勞開墾，養育子孫後代，安身立命的場所，也是無數英雄豪傑，王侯將相互相爭奪的地盤，甚至成爲西方列強與日本瓜分的地盤。

現在的国，是人們口中的一塊玉，它象征著潔白如玉，亭亭玉立，小家碧玉。不知道中華民族的後代子孫，看到了這個"新中国"，心中對於祖先智慧與犧牲的感歎和珍惜，是否會如往常那樣油然而生呢？

民國五十三年，定居台灣十五年後，王雲五重新掌管在台灣復甦的商務印書館，並將自己的藏書捐給社會大眾閱讀。其中許多珍藏流離輾轉，經歷了不同的歷史時代與大江大河，最終在台灣落腳。王雲五在民國六十八年在台北與世長辭，享年九十一歲。

　　台灣商務印書館也持續向大眾輸出各類書籍，其中不乏眾多推廣中華文化的書籍。民國七十五年，將撤退來台灣並一直保存在台北故宮博物院的《四庫全書》影印，以精裝一千五百頁的巨冊問世。這便是陳維生向金玲玉玲所述的那套《四庫全書》。

　　一九五三年，位於中國大陸的人民教育出版社出版了《新華字典》，當時以注音符號順序排列，但到了一九五六年漢字簡化以及一九五八年漢語拼音投入使用，爾後的修訂版本改用漢語拼音字母順序，轉由"商务印书馆"重排出版，至今已經到了第十二版，成為中國大陸最暢銷的字典。然而陳維生從未想要也不需要用到這本字典，因為在他心中早已熟記陳父從保定舊書街淘到的舊辭典，以及他那本奉獻了多年心血的《新辭林》。

　　一九六三年，陳維生的外孫，二女兒玉玲的長子出生，取名為"楊洪林"。除了三個字都是常見的中國姓氏以外，陳維生希望他的子孫後代能夠在時代的洪流中，如森林般堅固，屹立不倒。楊洪林小的時候，還經常聽姥爺講起當年在印刷廠的點點滴滴，以及聽姥爺背誦每一個字在《新辭林》中在哪一頁哪一行。陳維生不過問時政，對那個舊時代的緬懷始終保持沉默，把餘生的精力獻給了家庭，向祖孫三輩兒，講述《大英百科全書》、《四庫全書》、商務印書館、印刷術，和王雲五館長的故事。在那個已經遠去的年代，成為一家人其樂融融的純真。

　　一九八八年夏，楊洪林移民加拿大。半年後，陳維生離開人世，享年八十五歲。五年後，楊洪林的長子出生，取名為"楊思華"。這是希望這個在海外出生的孩子能夠永遠"思念中華"，不要忘記漢字的美，祖先的辛勞，與中華民族的智慧。

後記

　　謹以此書獻給我那從未有幸見過的太爺爺，陳維生。

　　我的奶奶，陳玉玲。

　　以及我的的父親，楊洪林。

　　本書是作者基於口述家族歷史所杜撰的中篇傳記式小說。

　　傳記的成分在於，小說中大部分出現人物是真實的人物，也符合其所處歷史的背景脈絡。

　　但其小說的成分在於，書中所述經歷並非全然如真的事實，含有虛構的元素，以及部分杜撰出來的人物。如有雷同，純屬巧合。

　　　　　　　　　　　　　百十二. 七. 十八

國家圖書館出版品預行編目資料

辭／楊思華著. --初版.--臺中市:白象文化
事業有限公司，2023.11
　　　面；　公分
ISBN 978-626-364-128-0（平裝）

857.7　　　　　　　　　　112015114

辭

作　　　者　楊思華
校　　　對　楊思華、楊洪林、楊思慧、朱伯陶、王順德
封面設計　藍慈琳
發 行 人　張輝潭
出版發行　白象文化事業有限公司
　　　　　412台中市大里區科技路1號8樓之2（台中軟體園區）
　　　　　出版專線：（04）2496-5995　　傳真：（04）2496-9901
　　　　　401台中市東區和平街228巷44號（經銷部）
　　　　　購書專線：（04）2220-8589　　傳真：（04）2220-8505
專案主編　林榮威
出版編印　林榮威、陳逸儒、黃麗穎、水邊、陳婉婷、李婕、林金郎
設計創意　張禮南、何佳諠
經紀企劃　張輝潭、徐錦淳、林尉儒、張馨方
經銷推廣　李莉吟、莊博亞、劉育姍、林政泓
行銷宣傳　黃姿虹、沈若瑜
營運管理　曾千熏、羅禎琳
印　　　刷　百通科技股份有限公司
初版一刷　2023 年 11 月
定　　　價　200 元

白象文化　印書小舖　出版・經銷・宣傳・設計
www·ElephantWhite·com·tw　PressStore　f 自費出版的領導者　購書 白象文化生活館